A.J.
y su extraño colegio

Bruño
LECTORUM

Para Emma.

Título original: *Ms. Hannah Is Bananas!*,
publicado por primera vez en EE UU
por Harper Trophy®, una marca registrada
de HarperCollins Publishers Inc.

Juan Ignacio Luca de Tena, 15; 28027-Madrid

www.brunolibros.es

Dirección del Proyecto Editorial: Trini Marull
Dirección Editorial: Isabel Carril
Edición: Cristina González
Traducción: Begoña Oro
Diseño de cubierta: Miguel Ángel Parreño
Diseño de interior: Equipo Bruño

ISBN: 978-84-696-2595-8
Depósito legal: M-21121-2018
Printed in Spain

¡La señorita Riqui es un poco friqui!

Texto:
Dan Gutman

Dibujos:
Jim Paillot

Bruño
LECTORUM

Índice

A.J.
Emily
RYAN

Andrea
Michael
A+

1

La plasta de Andrea

—¡Señorita Lulú! ¡A.J. me ha pegado!

—Mentira —dije yo.

—¡Verdad! ¡Me ha dado un codazo!

Andrea es taaaaaan insoportable... ¡Pero si yo solo le había rozado el codo! Y ella, venga a chillar y a sujetarse el brazo como si la hubiera pisoteado un elefante.

Y es que esa chica lleva dándome la lata desde... ¡siempre!

—Yo lo he visto, señorita Lulú —saltó Emily, otra chica pelirroja bastante llorica—. A.J. le ha dado un codazo a Andrea.

Emily es amiga de Andrea, y también es una plasta, aunque de forma distinta.

—¿Voy a tener que mandar a alguien al despacho del director? —preguntó la señorita Lulú.

El director es como si fuera el rey del colegio.

—No —contestamos Andrea y yo.

—Mejor, porque ahora os toca clase de Educación Artística y no me gustaría que os la perdierais por nada del mundo. La nueva profesora de plástica, la señorita Riqui, es estupenda. ¡Estoy segura de que os habrá preparado un montón de actividades divertidísimas!

—¿Plástica? —dije yo—. Odio la plástica.

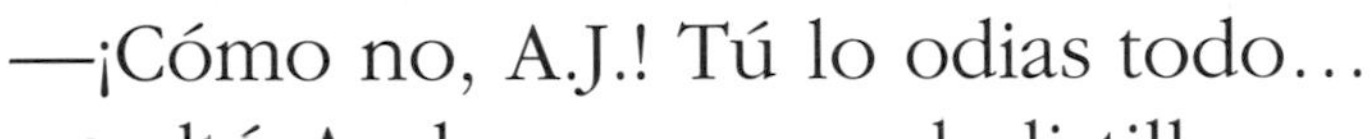

—¡Cómo no, A.J.! Tú lo odias todo... —soltó Andrea, que va de listilla.

Pero yo no lo odio todo. No odio el fútbol. Ni montar en monopatín. Ni hacer trucos con la bici. Ni las películas de monstruos. Sobre todo cuando los monstruos se estrellan yendo en coche y cosas de esas. Pero sí que odio el colegio. Y Andrea me cae fatal.

—A mí me encanta la plástica —dijo Andrea, como si a los demás nos importase. Entonces sacó un estuche enooooorme, lleno de rotuladores y pinturas que se había traído de su casa—. Cuando sea mayor, quiero ser artista. Mi madre dice que soy muy creativa. Me encanta crear cosas.

—Lo que debería crear es un agujero negro y caerse dentro... —le dije en

voz baja a mi amigo Ryan, que se sienta a mi lado.

Ryan se echó a reír, pero la señorita Lulú le echó una mirada de las suyas y Ryan se calló.

—¡Venga, todo el mundo en pie! —dijo la profe—. Poneos en fila. Nos vamos a la clase de plástica. La señorita Riqui está esperándonos.

Para mí, eso de dibujar es cosa de pequeñajos.

Y la plástica, una tontería.

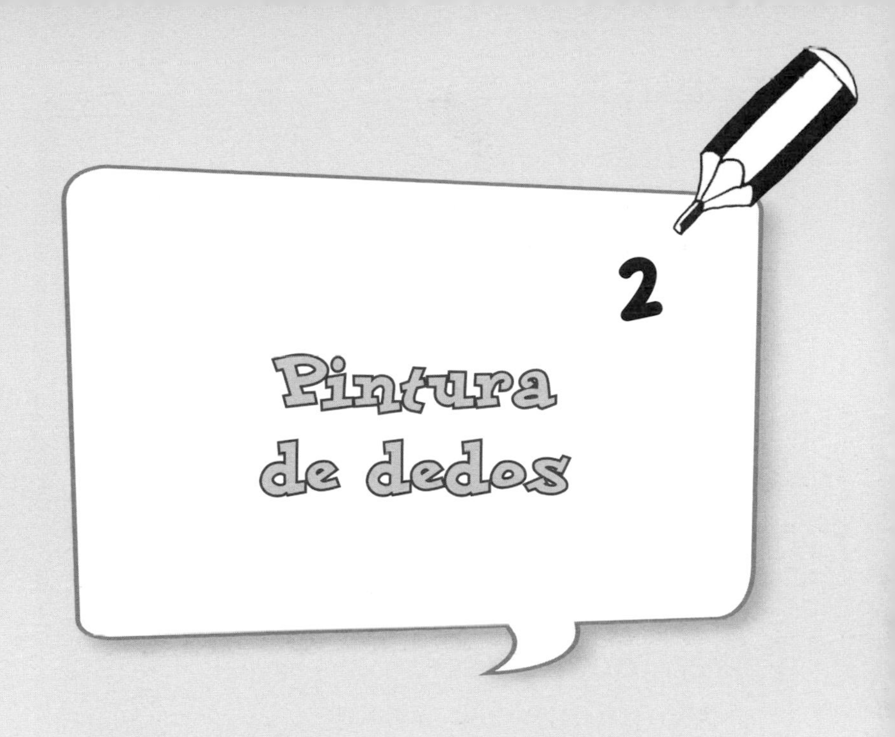

Mi amigo Michael, que nunca lleva las zapatillas atadas aunque se pase tooodo el rato pisándose los cordones, iba el primero de la fila.

El aula de plástica está en la otra punta del colegio, y como para llegar hasta allí hay que andar millones de kilómetros, la señorita Lulú nos dio permiso para beber de la fuente que está en la puerta de la clase.

Y allí estaba la señorita Riqui.

Era la mujer con la pinta más rara que he visto en mi vida.

Llevaba un vestido que parecía hecho con trapos de colores. Y unos guantes como los que se pone mi madre cuando tiene que sacar algo súper caliente del horno.

Creo que la señorita Riqui es un poco friqui.

—¡Buenos días a todos! —nos dijo—. ¿Os gusta mi vestido nuevo? Lo he

hecho cosiendo unos retalitos de segunda mano que compré en Internet.

La señorita Riqui dio una vuelta para que pudiéramos ver su vestido por delante y por detrás.

—¡Es precioso! —exclamó Andrea, que siempre está haciendo la pelota a los profes.

Porque, para mí, el vestido aquel era horrendo-horripilante.

Yo fui a sentarme con mis amigos Michael y Ryan, pero la señorita Lulú no nos dejó, y le explicó a la señorita Riqui que *ciertas* personas no debían sentarse al lado de *ciertas* otras personas.

—Chico, chica, chico, chica —le dijo la señorita Lulú mientras iba señalando dónde teníamos que sentarnos.

Me tocó entre Andrea y la llorica pelirroja de su amiga Emily. Una pesadilla.

La señorita Lulú nos dio a cada uno una pegatina con nuestros nombres para que la señorita Riqui supiese quiénes éramos, y le dijo que, si había algún problema, ella estaría en la sala de profesores.

La sala de profesores es el sitio donde van cuando no están dando clase.

Yo nunca he estado allí. Ningún alumno ha estado allí jamás, en toda la historia. Está prohibido que entremos. La sala de profesores es como un club secreto solo para ellos.

Mi amigo Billy, que vive en mi calle y es un año mayor que yo, me contó que en la sala de profesores de su colegio están montando fiestones a todas horas. Me dijo que los profesores se dedican a bailar y a jugar al escondite inglés, y a comer tarta y a

entrenar la puntería con escopetas de aire comprimido. Y luego se pasan el rato inventando nuevos castigos para cuando los alumnos se portan mal.

La verdad es que suena guay. Cuando sea mayor, igual me hago profe y me paso el día en la sala de profesores divirtiéndome a lo bestia.

Cuando nos sentamos, la señorita Riqui se quitó los guantes y cogió un trozo de papel negro.

—¿Alguien puede decirme qué es esto? —preguntó.

Eso lo sabía cualquiera.

Levanté la mano y la profe dijo mi nombre.

—Eso es un trozo de papel negro —dije—. ¡Qué va a ser!

—Podría ser un trozo de papel negro, A.J. —replicó la señorita Riqui—. Pero puede que sea un gato negro dentro de una mina de carbón. O un cuervo volando en medio de la noche.

¡Así que era una pregunta con trampa! ¡Odio las preguntas con trampa!

Noté como si me ardieran las orejas. No me atreví a mirar a nadie. Ni falta que hacía. Ya sabía que todos estarían mirándome y riéndose de mí.

¡Era injusto! Esa cosa era solo un estúpido trozo de papel negro, y todo el mundo lo sabía.

—Pues a mí me parece un trozo de papel negro —dijo mi amigo Ryan.

¡Fiuuu! Sabía que podía contar con Ryan. Me volví hacia él y le hice la señal de pulgar arriba.

—Tenéis que abrir vuestras mentes, echarle imaginación —dijo la señorita Riqui—. ¡El arte está en todas partes! ¡En todo lo que nos rodea! Todos somos artistas. Un dentista es un artista. Nuestros dientes son sus obras de arte. Un hombre que se dedica a arreglar tejados también es un artista. Y vosotros también podéis serlo.

«Yo no», pensé para mí. El arte es una tontería.

La señorita Riqui nos dio una hoja de periódico a cada uno para que tapá-

ramos nuestra mesa. Después sacó un montón de camisetas viejas del armario del material y nos dio una a cada uno para que nos la pusiéramos y no nos manchásemos la ropa. Y luego dejó pintura en medio de todas las mesas y nos dio una hoja en blanco a cada uno.

—Hoy vamos a utilizar pintura de dedos —dijo.

—Yo no pienso pintarme los dedos —salté.

Algunos se rieron, y eso que yo no había dicho nada gracioso.

—Pero qué toooonto que eres… —se burló de mí Andrea—. Usar pintura de dedos es pintar CON los dedos, no pintarse los dedos.

Eso ya lo sabía yo. Pero Andrea se cree que ella lo sabe todo y más.

—¿Qué tenemos que pintar? —le preguntó Emily a la señorita Riqui.

—¡Lo que queráis! Dejad correr vuestra imaginación. Pintad lo que más os guste.

—A mí me encantan las mariposas —dijo Andrea—. Voy a hacer una familia de mariposas sonrientes.

—Yo voy a pintar un árbol para que vivan las mariposas —dijo Emily.

—Y yo voy a pintar un bosque con un árbol que se cae y aplasta a la familia de mariposas sonrientes hasta que las mata bien muertas —dije yo.

—¡Oh, eso es horrible, A.J.! —chilló Emily, que parecía a punto de echarse a llorar, como siempre.

—Eh, que yo solo estaba dejando correr mi imaginación —repliqué.

Me di la vuelta y vi que Ryan estaba pintando un avión, y Michael, una casa.

Todos estaban tomándose en serio lo de la pintura de dedos.

Pero, a mí, aquello me parecía una marranada. No tenía ni pizca de ganas de pringarme con esa pintura. Era asqueroso.

Me quedé allí sentado, viendo cómo pintaban los demás. Mi hoja era la única que seguía totalmente blanca.

—¿Por qué no estás pintando, A.J.? —me preguntó Emily en voz baja.

—¡Métete en tus cosas, niñata!

—¡Señorita Riqui! ¡A.J. no está pintando! —saltó Andrea.

Andrea es una chivota de primera.

La señorita Riqui vino hacia mí, y Andrea me sacó la lengua.

—A.J., no has pintado nada —me dijo la profe.

Yo no sabía qué hacer. No sabía qué decir. Tenía que pensar algo. Y rápido.

—Sí que he pintado algo —dije—. Es un dibujo de un oso polar, blanco. Está jugando en la nieve..., que es blanca, claro. Y está comiendo... ¡helado de nata!

Todos me miraron. La señorita Riqui también. Me dio miedo que fuera a gritarme, o a buscar a la señorita Lulú a la sala de profesores para que me mandase al despacho del director.

—¡Es un dibujo precioso, A.J.! —exclamó la profe con una sonrisa de oreja a oreja—. ¡Eso sí que es dejar correr la imaginación!

¡Ja! Le saqué la lengua a Andrea y ella se cruzó de brazos, mosqueadísima.

Fue genial. Más que genial. Fue el segundo momento más genial de la historia. Porque el primero sería que un elefante pisoteara a Andrea, claro.

Poco después llegó la hora de ordenar. La señorita Riqui nos enseñó una canción para recogerlo todo. La letra era: «A ordenar, a ordenar, cada cosa en su lugar».

Era una canción de lo más tonta, y Michael, Ryan y yo le cambiamos la letra por: «A ordenar, a ordenar, cada caca en su lugar».

Si quieres hacer reír a tus compañeros, tú suelta la palabra «caca». Siempre funciona.

La señorita Riqui recogió de las mesas las hojas de periódicos, que habían quedado llenas de pintura, y las fue pegando en una pelota que había en la repisa de la ventana. La pelota era del tamaño de un balón de playa.

—¿Qué haces, seño? —le preguntó Michael.

—Estoy formando una pelota con los periódicos —dijo.

—¿Para qué? —preguntamos todos.

—Estos periódicos viejos llenos de pintura también pueden ser arte. De

hecho, para mí lo son. Como os dije, el arte está en todas partes. Y además, así no se tira nada. No me gusta tirar cosas. Si os fijáis, veréis que ni siquiera tengo una papelera por aquí cerca.

Miramos alrededor. Era verdad.

—Por cierto —dijo la señorita Riqui—: Para el próximo día quiero que traigáis a clase cosas que vuestros padres vayan a tirar.

—¿Para qué?

—Para convertirlas en arte.

Yo seguía buscando la papelera. Tenía que haber una por algún sitio. Todo el mundo necesita una papelera.

—Es una pena que la gente se dedique a tirar cosas —dijo la señorita Riqui—. Cualquier cosa puede ser bonita. Todo puede convertirse en una obra de arte.

—Pues yo acabo de sonarme la nariz —le dije, enseñándole el pañuelo—. ¿Te parecen artísticos estos mocos?

Todos se echaron a reír, y eso que yo lo había dicho completamente en serio.

La señorita Riqui me cogió el pañuelo y se lo pegó a la pelota de periódicos.

Fue asqueroso.

3
Gente rara

En el comedor (también conocido como el *vomitorio),* me senté con Ryan y Michael.

A Ryan le cambié mi manzana por su yogur con trocitos.

—Qué rara es la señorita Riqui —dije.

—Los artistas suelen ser raros —comentó Ryan—. Mi madre tiene una amiga artista y es rarísima. Mi madre

dice que eso es porque los artistas son gente creativa.

—Tu madre también es rara —soltó Michael.

—Hay muchas personas raras —dije yo—. Y eso no las hace creativas. Hay personas que son raras y ya está. No son nada creativas. Y otras son creativas y no son raras.

—Tú sí que eres raro, A.J. —me dijo Ryan.

—Hay que ser raro para ponerse un vestido hecho con trapos viejos —reconoció Michael.

—Se supone que los profesores de plástica visten así, un poco raro —les expliqué yo.

—Si mi padre se vistiera así, seguro que le habrían despedido —aseguró Ryan.

—Tu padre es un ejecutivo —replicó Michael—. Va todo el día con corbata, un trozo de tela que no sirve para nada. Cuelga del cuello y ya está. Para mí, eso sí que es raro.

—Es verdad —dije yo—. Porque, a ver, ¿qué es más raro: ponerse un vestido hecho con trapos, o llevar

alrededor del cuello un trozo de tela que no sirve para nada?

—Las dos cosas son raras —contestó Ryan.

—Es que los mayores son raros, sobre todo los profesores de plástica —dijo Michael.

—Pero la señorita Riqui es rara hasta para ser profesora de plástica —insistí yo.

Me di cuenta de que Andrea y Emily, que se sentaban en la mesa de al lado, estaban escuchando toda nuestra conversación.

Lo supe porque no hacían más que menear las cabezas, poner los ojos en blanco y reírse de nosotros por lo bajinis.

—Puede que, en realidad, la señorita Riqui no sea una profesora de plásti-

ca —dije lo bastante alto como para que me oyeran—. ¿No lo habíais pensado? Igual solo está fingiendo que lo es.

—¡Sí! —exclamó Michael—. Puede que en realidad sea una ladrona y lo único que pretende es robarnos la basura y conquistar el mundo. En los cómics pasan cosas de esas todos los días.

—Puede que hayan secuestrado a nuestra auténtica profesora de plástica y que ahora esté atada a una silla en la sala de profesores —dijo Ryan.

—Y los demás profes estarán practicando puntería con ella con sus escopetas de aire comprimido —añadí yo.

—¡Tenemos que rescatarla! —saltó de repente Emily, y mientras le caían lagrimones por la cara, se levantó y salió corriendo del comedor.

Ryan, Michael y yo nos echamos a reír.

Esa Emily es una llorica de primera.

—¡Aggg! ¡Los chicos sí que sois raros! —nos gritó Andrea.

4
¡Qué desastre!

La siguiente vez que fuimos a clase de plástica, la pelota de periódicos que había empezado a hacer la señorita Riqui ya era enorme, tan alta como la mesa de la profe.

Todos querían tocarla. Todos menos yo, claro. No podía olvidar que ahí dentro, en algún lugar, vivían mis mocos.

La clase de plástica estaba llena de cacharros que cada uno había traído

de casa. Había instrumentos musicales viejos, juguetes rotos, latas vacías, envases de plástico y todo tipo de porquerías. ¡Tendríais que haberlo visto! Alguien hasta había traído una raqueta sin cuerdas.

—¡Qué desastre! —exclamó Emily.

—Si mi cuarto estuviera así, a mi madre le daba algo —dijo Michael—. La mitad de estas cosas habría que tirarlas a la basura.

—¡Oh, no, cariño! —replicó la señorita Riqui—. No me gusta tirar nada. De hecho, en casa, el basurero me trae basura para que la utilice en mis obras de arte. Y en mis días libres voy a las chatarrerías en busca de tesoros.

¿Qué me decís, eh? ¿La señorita Riqui es o no un poco friqui?

La profe tenía un pegamento súper pringoso que lo pegaba todo, y nos pidió que hiciéramos esculturas con los cacharros que habíamos traído de casa.

—¡Dad rienda suelta a vuestra imaginación! —nos dijo—. ¡Expresad lo que lleváis dentro! Recordad que el arte está en todas partes. En la luz. En el aire. Hasta las cosas invisibles pueden ser arte.

Michael empezó a hacer un robot con tubos de rollos de papel higiénico, y Emily, una muñeca con botones.

Yo no sabía qué hacer. Creo que lo que pasa es que no soy muy artístico. No me apetecía ni un poquito ponerme a pegar trozos de basura.

La señorita Riqui iba dando vueltas mirando las esculturas que estaban haciendo los demás y diciendo lo

maravillosas que eran. Confiaba en que no pasase a mi lado.

—A.J. no está haciendo ninguna escultura —se chivó Andrea, y me sacó la lengua.

No soporto a esa chivota.

—¿Por qué no haces nada, A.J.? —me preguntó la señorita Riqui.

Yo no sabía qué hacer. No sabía qué contestar. Tenía que pensar algo. Y rápido.

—Sí que he hecho algo —dije—. Una escultura. Una escultura invisible. Y la he llamado... «La escultura invisible».

—¡Qué listo, A.J.! —sonrió la profe—. ¡Eso sí que es dar rienda suelta a tu imaginación!

Aproveché para sacarle la lengua a Andrea.

—Atención, todos. Tengo algo que contaros —dijo la señorita Riqui después de que ordenásemos la clase—. El director nos ha dado permiso para organizar un gran concurso de arte. Habrá un ganador para cada curso, y cada uno tendrá su premio.

—¿Y cuál es el premio? —preguntó Ryan.

—Un vale de regalo para gastar en una tienda de material artístico.

Todo el mundo se puso a gritar «aaah» y «oooh». Pero a mí ese premio me parecía una bobada. A mí no me gusta el arte. ¿Para qué iba a querer un montón de material artístico?

La señorita Riqui dijo que para participar en el concurso tendríamos que hacer en casa nuestra propia obra de arte y traerla al colegio en el plazo de dos semanas.

—Podéis hacer lo que queráis, y utilizar los materiales que os apetezcan —nos explicó—. ¡No pongáis freno a vuestra imaginación, chicos! Lo que más valoraremos será vuestra creatividad.

—¿Y podemos hacer un dibujo sin más? —preguntó Michael.

—¡Por supuesto! —respondió la señorita Riqui.

—Espcro ganar —oí quc Andrea le cuchicheaba a Emily—. Voy a hacer una escultura con mariposas.

Yo me pregunté si habría mariposas venenosas que muerdan a la gente.

—¿Quién quiere participar en el concurso? —preguntó la señorita Riqui.

Todos levantaron la mano.

Todos menos yo.

—¿Y tú, A.J.?

Yo no contesté.

Pero os diré lo que estaba pensando: «¡El arte es una tontería!».

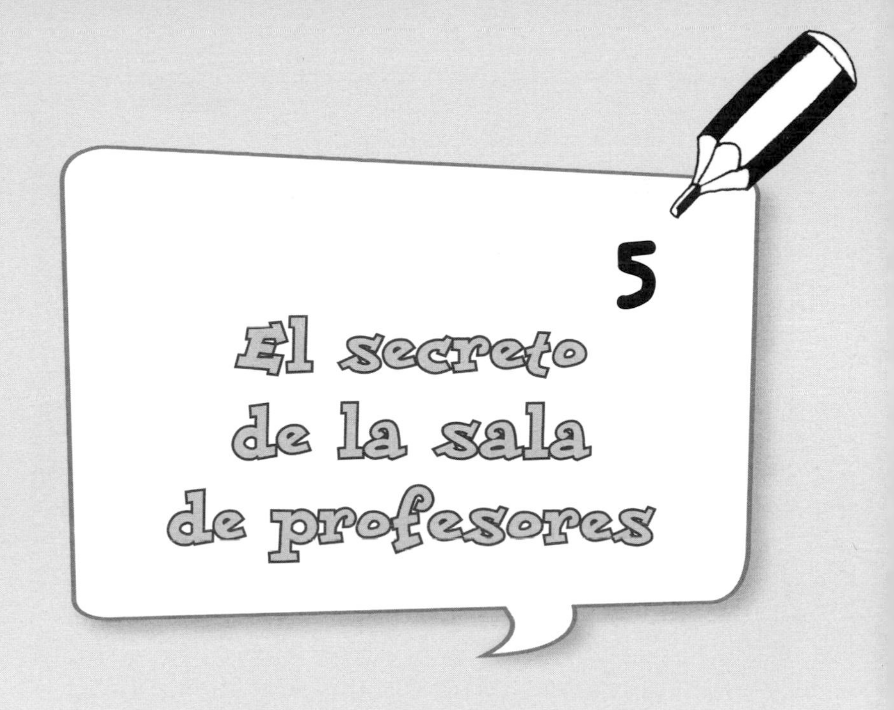

5
El secreto de la sala de profesores

A la hora del recreo salimos al patio.

Ryan, Michael y yo estábamos de acuerdo: la señorita Riqui era un poco friqui. Porque, vale: lo de reciclar la basura es bueno para el medio ambiente y todo eso, pero también es raro. Y, como si no tuviera suficiente basura con la suya, ¡la profe estaba deseando quedarse con la de los demás!

—Está claro. La señorita Riqui no es una profesora de plástica... —dije yo—. ¡Es una coleccionista de basura!

—Pues yo sigo diciendo que han secuestrado a nuestra verdadera profesora y que seguro que está atada a una silla en la sala de profesores —insistió Ryan.

Michael dijo que creía que la sala de profesores daba al patio. Miramos hacia arriba y localizamos la ventana de la que seguramente era la sala de profesores.

—Puede que nuestra verdadera profesora de plástica esté atada ahí dentro ahora mismo —dijo Ryan—. ¡Y puede que la estén torturando!

—Qué pena que no lleguemos a ver lo que hay dentro... —se quejó Michael.

Entonces se me ocurrió la idea más genial de la historia.

Les dije a Ryan y a Michael que, si nos subíamos unos encima de otros, a lo mejor podíamos llegar hasta la ventana de la sala de profesores y asomarnos a ver qué pasaba.

Michael se puso a cuatro patas debajo de la ventana, Ryan se colocó encima de él y se agachó, y yo me subí encima de Ryan.

—¿Ves algo, A.J.? —me preguntó Michael.

—Aún no.

Casi, casi llegaba a la ventana. Me agarré a la repisa para auparme mejor.

—¡Date prisa! —bufó Michael—. ¡Se me va a partir la espalda!

Y entonces los vi. ¡Ahí estaban los profesores! La señorita Lulú, y la

señora Viñeta, y varios más. ¡Estaba espiando en el cuarto secreto de los profes!

—¡Los veo! —grité.

—¿Qué están haciendo? —preguntó Ryan, emocionado.

—No mucho… —contesté.

—¿Hay alguien atado a una silla? —preguntó Michael.

—No.

—¿Están bailando? —preguntó Ryan.

—No.

—¿Están jugando al escondite inglés? —preguntó Michael.

—No —contesté—. Solo están sentados… tomándose el almuerzo.

—¿Y ya está? —preguntó Ryan.

—¡Esperad! —exclamé—. ¡La señora Viñeta está a punto de sacar algo de un armario!

—¿Es una escopeta de aire comprimido?

—No, una bolsa de papel —contesté—. Creo que lleva el almuerzo dentro.

—Vaya rollo —dijo Ryan.

—Un segundito más… —les pedí.

—¡Se me está partiendo la espalda! —protestó Michael.

No sé exactamente qué pasó después. Solo sé que, de repente, Ryan y Michael habían dejado de estar debajo de mí.

Yo me quedé agarrado a la repisa de la ventana, con los pies colgando. Si me soltaba, me haría papilla contra el suelo.

—¡Socorro! ¡Socorrooooo! —grité.

Estuve allí colgado lo menos un millón de horas hasta que, por fin, los profesores que estaban dentro de la sala me vieron. Entonces vinieron corriendo y abrieron la ventana.

—¡A.J.! ¿Qué estabas haciendo? —me preguntó la señorita Lulú mientras me metían en la sala de profesores.

—Oh, nada... Pasaba por aquí.

Durante unos días me convertí en la estrella del colegio.

Ni un solo alumno había logrado entrar jamás en la sala de profesores.

Yo era el primero de la historia.

Todo el mundo quería saber las cosas increíbles que había visto allí dentro. Hasta me ofrecían chuches a cambio de que se lo contara.

Pero yo no quería reconocer que la sala de profesores es un sitio aburrido donde los profes se sientan a tomarse el almuerzo y ya está. Así que dije que los profesores me vendaron los ojos y me amenazaron con torturarme si contaba lo que pasaba en aquella sala. ¿A que mola mucho más?

La siguiente clase de plástica no fue una clase de plástica de verdad. La señorita Riqui nos llevó de excursión a un museo.

Odio los museos. Son un rollo patatero.

—¿Por qué nunca vamos de excursión a un sitio guay? —le pregunté a Ryan en el autobús, de camino al museo.

—Y, para ti, ¿qué es un sitio guay, a ver? —saltó Andrea desde el asiento de delante.

—Para empezar, uno en el que no estés tú —le contesté.

Ryan se echó a reír.

Andrea me miró con cara de asco.

—Pues a mí me encantan los museos —dijo—. Mi madre me lleva a visitar museos muy a menudo.

—La pena es que no te deje para siempre en uno de ellos —respondí.

Ryan se echó a reír otra vez.

Estuvimos dando vueltas por el museo durante muchííííísimo rato.

La señorita Riqui estaba emocionada. Iba corriendo de sala en sala, explicándonos las maravillosas obras de arte que había por todas partes.

Aquello era horrible, y aburrido, y yo tenía hambre, y estaba cansado.

Busqué un sitio para sentarme.

En una esquina había un montón de cajas llenas de latas de sopa, y fui a sentarme en una.

Pero en cuanto lo hice empezó a sonar una alarma y llegaron corriendo un montón de vigilantes. Uno de ellos llevaba un silbato y se puso a gritarme:

—¡Levántate inmediatamente! ¿No sabes que está prohibido sentarse ahí?

—¡Vale, vale! —dije yo, levantándome de un salto—. Ya encontraré otro sitio donde sentarme. No es para tanto, ¿no?

El vigilante me miró como si estuviera a punto de arrestarme o algo así. Por suerte, la señorita Riqui vino corriendo a rescatarme. Le pregunté por qué el vigilante se había enfadado tanto y ella me dijo que me había sentado encima de una obra de arte.

—¿*Eso* era arte? —pregunté—. Pensaba que eran unas cajas de sopa.

—¡Es arte moderno! —respondió la profe—. Es una escultura famosa. Vale millones.

Pero a mí seguía pareciéndome un montón de cajas de sopa, y punto.

La señorita Riqui me dijo que recordara que el arte estaba por todas partes, y que tuviese cuidado de dónde me sentaba. Me rodeó los hombros con el brazo y me llevó así todo el tiempo que duró la visita al museo.

Dimos vueeeeltas y vueeeeltas, y ella seguía señalándonos las maravillosas obras de arte que había por todas partes.

—¡Mirad, mirad! —decía una y otra vez—. ¿A que es precioso?

Nos paramos delante de un cuadro. Tenía un montón de líneas y cuadraditos y rectángulos. Una tontería de cuadro, vaya.

—¿A que es magnífico? —sonrió la señorita Riqui.

—Buah, eso lo pinta mi hermana pequeña con los ojos cerrados —dije yo.

En la siguiente sala no había ni un cuadro en la pared. Pero del techo colgaban un montón de cacharros.

—¿Alguien puede decirme qué es esto? —preguntó la señorita Riqui.

—Debe de ser la basura del museo —respondí yo—. Cuando voy de *camping* con mis padres, colgamos la basura de un árbol para que no la cojan los osos ni los zorros.

—Pero en los museos no hay osos ni zorros, bobo —saltó Andrea—. Eso son móviles —explicó, señalando la basura que colgaba del techo.

—¡Efectivamente, Andrea! —dijo la señorita Riqui, y la listilla de Andrea me sacó la lengua—. También se llaman «esculturas cinéticas».

—¿Y eso qué significa? —preguntó Emily.

—Que salen en el cine —contesté yo.

—No, «cinética» quiere decir «movimiento» —dijo la señorita Riqui—. Son esculturas que se mueven.

—Bah, no me digas que eso es arte... —repliqué yo, mirando toda aquella basura que colgaba del techo.

—No solo es arte... —respondió la profe—. ¡Es una de las mejores obras artísticas de todos los tiempos!

—Pues para mí solo es basura colgante —dije.

Aquel era el museo más raro de la galaxia, y yo seguía aburrido, y hambriento, y necesitaba sentarme.

Por fin, la señorita Riqui nos dio permiso para salir al jardín y tomar el almuerzo.

—¿Alguien quiere hacer alguna pregunta antes de que nos vayamos del museo? —dijo.

Yo levanté la mano.

—Si todo lo que hay aquí es arte, ¿cómo saben distinguir lo que es basura para tirarlo? ¿Alguna vez han tirado una obra de arte por equivocación y se han dejado la basura en una sala? ¿Cómo las distinguen?

Todos se echaron a reír, y eso que yo lo había preguntado muy en serio.

7

Arte en vivo

En la parte de atrás del Museo de la Basura Colgante había un jardín, y allá que nos fuimos.

La profe nos dio unos bocatas y unos refrescos y nos dijo que podíamos jugar un rato para quemar energía.

Estábamos comiéndonos los bocatas cuando, de repente, Michael señaló una estatua que había en la otra punta del jardín.

Era de un tipo con gabardina que sujetaba un paraguas. Pero lo más guay es que toda la estatua estaba pintada de dorado, de la cabeza a los pies.

—¿Veis? Esa estatua sí que mola bastante —dije yo.

Había un montón de gente rodeándola.

—¡Eh! ¡Esperad! —exclamó de repente Michael—. ¡La estatua se ha movido! ¡Lo he visto!

—Pero… ¿cómo va a moverse, hombre? —repliqué.

—Que sí, que yo también lo he visto —dijo Ryan.

Nos acercamos más a la estatua. A sus pies había un sombrero, y dentro del sombrero había dinero.

Aquello era muy raro… ¿Por qué alguien iba a darle dinero a una estatua?

La estatua no se movía. La rodeé despacito y le grité «¡UH!» para que se asustara. Nada. Tenía ganas de tocarla para ver si era una estatua de verdad, pero me daba miedo.

La miré a los ojos. Parecían de verdad, pero no movía ni una pestaña.

—¿Lo veis? Os lo dije. Es solo una estat…

Antes de que yo acabara la frase, la estatua levantó una mano… ¡y me la puso en la cabeza!

Yo pegué un grito y di un bote de cuatro metros, lo menos. Toda la gente de alrededor se echó a reír, y eso que no tenía ni pizca de gracia.

No había pasado tanto miedo desde que entré en la mansión encantada de un parque de atracciones y todos aquellos zombis empezaron a perseguirme. Cuando la estatua se movió, pensé que me iba a dar un ataque al corazón.

La señorita Riqui vino hacia mí y volvió a rodearme los hombros con su brazo.

—¿Has visto, A.J.? ¡Esto también es arte! —me dijo mientras dejaba unas monedas en el sombrero de la estatua—. ¡Este hombre se ha transformado en una obra artística! Es lo que siempre os digo, chicos: el arte está en todas partes. ¡Acabáis de ver arte en vivo!

¿Arte en vivo?

Cuando sea mayor, creo que me pintaré de dorado y me quedaré ahí quieto, sin hacer nada más que asustar a la gente todo el día.

Sí... El arte en vivo mola bastante.

Cuando volvimos al colegio, la señorita Riqui nos llevó a la clase de plástica.

Había más basura que nunca. Y la pelota de periódicos había crecido aún más. Ya era casi tan grande como yo.

La profe nos dijo que esperaba que la visita al museo nos inspirase para hacer nuestras propias obras de arte.

Nos repartió lápices de colores y papel y nos contó que íbamos a hacer dibujos amigos.

—¿Qué es un dibujo amigo? —preguntó Emily.

—Es un dibujo que se hace por parejas —explicó la señorita Riqui.

—¡Qué divertido! —exclamó Andrea—. ¿Podemos hacer el dibujo amigo Emily y yo juntas? Es mi mejor amiga.

—¿Y yo puedo hacer el dibujo amigo con A.J.? —preguntó Ryan.

—No —respondió la profe—. Quiero que Andrea y A.J. hagan juntos el dibujo amigo.

Todos se echaron a reír, y eso que la señorita Riqui no había dicho nada divertido. Y es que todo el mundo sabe que yo no soporto a Andrea y que Andrea no me soporta a mí.

—¿Tengo que hacer el dibujo con él? —preguntó Andrea, señalándome.

—¿Tengo que hacer el dibujo con ella? —pregunté yo, señalando a Andrea.

—Sí —respondió la profe—. Andrea, a ti te gustan las mariposas, ¿verdad? Y a ti, A.J., te gusta montar en monopatín. ¿Por qué no hacéis una mariposa en monopatín?

Nos pusimos manos a la obra. Andrea hizo la mariposa y el fondo. Yo le dibujé a la mariposa un casco y un monopatín y luego pinté unas rampas.

La verdad es que nuestro dibujo amigo quedó súper chulo. La señorita Riqui estaba tan impresionada de lo bien que Andrea y yo habíamos trabajado juntos, que fue a buscar a la señorita Lulú.

—Eh, ha quedado guay —dije mientras sujetaba nuestro dibujo amigo.

—Sí —dijo Andrea, quitándomelo de las manos—. Voy a llevármelo a casa para que mi madre lo cuelgue en la nevera.

—No, me lo llevaré yo —repliqué, cogiéndole el dibujo—. Seguro que mi madre quiere ponerlo en NUESTRA nevera.

—¡Pero si tú odias la plástica, A.J.! —protestó Andrea, quitándome otra vez el dibujo—. ¿Para qué te lo vas a llevar a casa?

—Porque quiero y ya está —contesté, y volví a coger el dibujo.

Solo que esta vez Andrea no lo soltó.

Ella tiró de un lado del dibujo...

Yo tiré del otro lado...

Y nuestro dibujo amigo acabó partido por la mitad.

—¡Lo has roto! —me gritó Andrea.

—¡Yo no he sido! ¡Has sido tú!

—¡Te odio!

—¡Y yo a ti más!

Oí que la señorita Riqui y la señorita Lulú venían por el pasillo hacia clase.

—Ya verás lo bien que A.J. y Andrea están trabajando juntos —iba diciendo la señorita Riqui—. No te lo vas a creer…

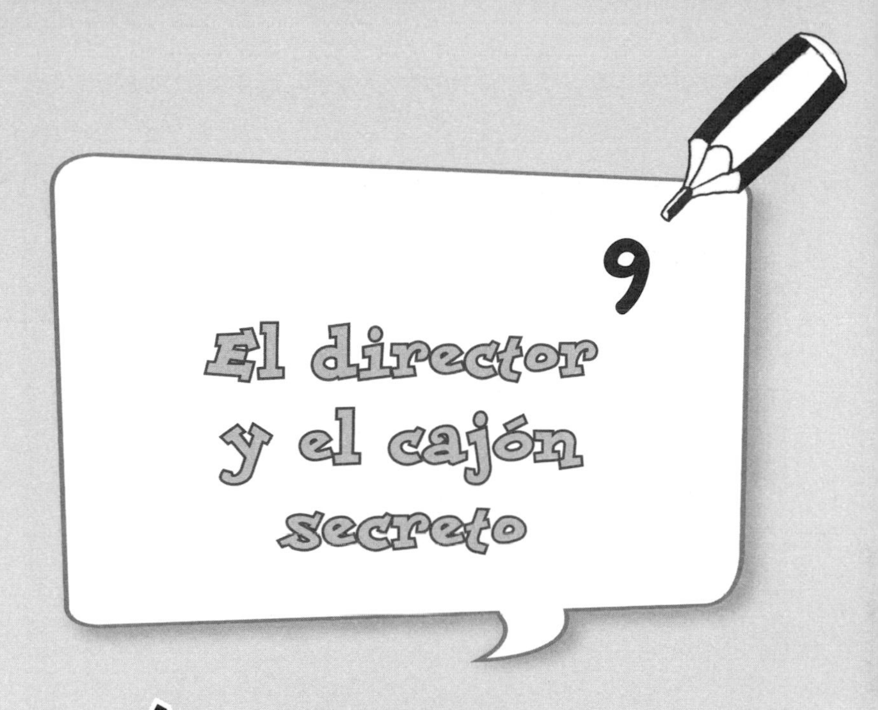

—Al despacho del director —dijo la señorita Lulú—. Los dos. Ya.

Pensé que Andrea me mataría camino del despacho del director. Estaba enfadadísima. A ella jamás la habían mandado allí. En toda su vida. Como nunca hace nada malo…

—No me lo puedo creer —iba murmurando—. ¡Y todo por tu culpa, A.J.!

—Tranquila —le dije yo—. He estado en el despacho del director un montón de veces. Es un buen tío.

Cuando llegamos, el director estaba hablando por teléfono.

El director no tiene pelo. Pero ni uno, ¿eh? Es calvo como una bombilla. Un día, en clase, nos dejó tocarle la cabeza pelada. Fue genial.

—¿Nos vas a castigar? —preguntó Andrea en cuanto el director colgó el

teléfono. Estaba súper nerviosa y hablaba en voz bajita.

—No creo en los castigos —respondió el director—. Prefiero recompensar el buen comportamiento. Y ahora, contadme. ¿Por qué vosotros dos no sois capaces de llevaros bien?

—Él siempre está diciéndome cosas feas —dijo Andrea.

—Ella siempre se cree que lo sabe todo —dije yo.

—Él lo odia todo.

—Todo, no. Solo a ti.

El director se recostó en su silla y se rascó la frente. Los mayores siempre se rascan la frente cuando piensan. Supongo que eso ayuda a que el cerebro funcione mejor. Lo mismo, cuando te haces mayor, tu cerebro deja de funcionar tan bien y tienes que andar

frotándote la frente para que vuelva a ponerse en marcha.

—¿Qué podemos hacer para solucionar este asunto? —preguntó el director.

—Echar a A.J. del colegio.

—Echar a Andrea del colegio.

—No voy a echar a nadie del colegio —replicó el director—. Tendréis que aprender a convivir.

—¿En la misma casa? —pregunté yo, horrorizado—. ¡Pero si nos acabas de decir que no crees en los castigos!

El director se echó a reír, y eso que yo no había dicho nada gracioso. Luego sacó una llave y abrió uno de los cajones de su escritorio. El cajón estaba lleno hasta arriba de chuches. Chocolatinas... Piruletas... Caramelos... Era como si tuviese una tienda de golosinas en aquel cajón.

Justo en ese momento decidí que, de mayor, pienso ser director de colegio.

—¿Os apetece una chuche? —nos preguntó el director.

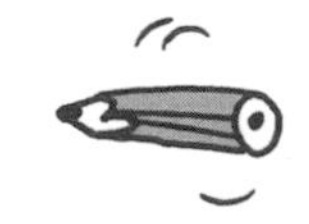

Andrea y yo dijimos que sí con la cabeza. Se nos hacía la boca agua.

—Pues este es el trato: Si mañana conseguís estar el día entero sin discutir, os daré una chocolatina.

—Mejor dos —intenté negociar.

—Una a cada uno —dijo el director—. Es mi última oferta. La tomáis o la dejáis.

No me gusta un pelo Andrea. Y yo tampoco le gusto a ella. Pero a los dos nos gustan las chocolatinas.

Solo tenía que estar un día sin discutir con ella. Un día no era tanto. Lo podría soportar.

—De acuerdo —dijimos Andrea y yo, y nos dimos la mano para cerrar el trato.

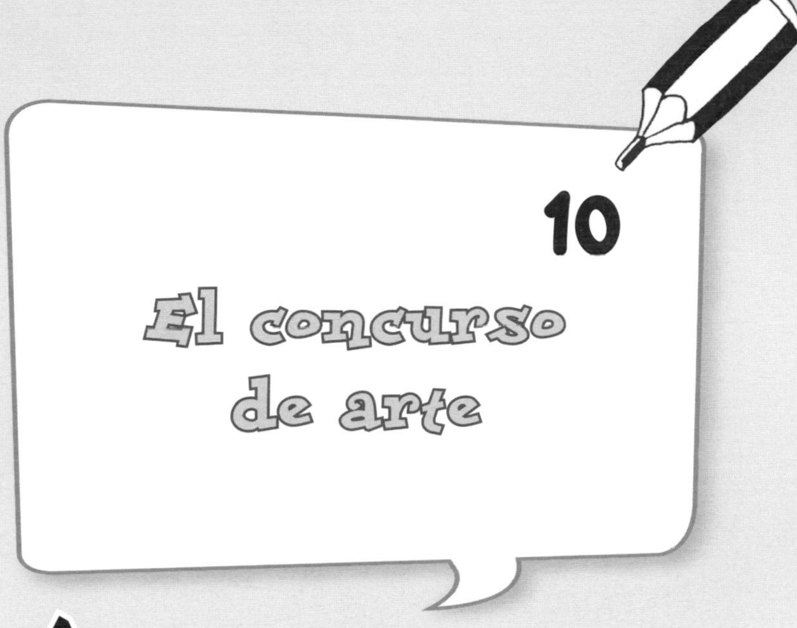

10

El concurso de arte

A la mañana siguiente me porté genial.

Intenté con todas mis fuerzas no decirle nada malo a Andrea, y eso que fue difícil. ¡Andrea es taaaan pelota y taaaan insoportable...!

Cuando le regaló una manzana a la señorita Lulú, estuve a punto de decir algo. Pero me callé.

Cuando se dedicó a enseñar a todo el mundo el diez que había sacado

en el examen de mates, estuve a punto de decir algo. Pero me callé.

Cuando le dijo a la señorita Lulú lo bien que le quedaba ese peinado, estuve a punto de decir algo. Pero me callé.

Andrea tampoco me dijo nada malo a mí. Los dos queríamos nuestras chocolatinas.

La señorita Lulú estaba encantada de que Andrea y yo fuéramos tan amables entre nosotros.

A la hora del almuerzo, nos sentó en la misma mesa con Ryan, Michael y Emily. Yo le cambié a Emily un plátano por su bolsa de patatas fritas.

—¿Habéis traído vuestras obras para el concurso de arte? —nos preguntó Emily—. Esta tarde la señorita Riqui dirá quién ha ganado.

Yo me había olvidado de toda aquella tontería del concurso de arte.

Michael dijo que él había hecho una escultura con palillos de dientes. Ryan, una cabeza con papel charol. Emily, un *collage.* Andrea, un móvil de (¿lo adivináis?) mariposas, claro.

Yo era el único que no había traído nada. Odio el arte. Es una bobada.

—¿Habéis visto cómo está la clase de plástica? —preguntó Andrea—. Cuando he entrado para dejar mi móvil de mariposas, me he quedado alucinada. Está hecha un desastre.

—Pues claro que está hecha un desastre —dijo Ryan—. ¿Alguna vez has visto a la señorita Riqui tirar algo?

—Eso es porque no puede —contestó Michael—. ¡Si ni siquiera tiene papelera!

—Pues a eso me refiero... —dijo Andrea—. La señorita Riqui va acumulando cosas y más cosas, y nunca tira nada. Mi madre es psicóloga y dice que las personas que no pueden tirar nada tienen un problema.

Yo estuve a punto de decirle a Andrea que ella sí que tenía un problema. Pero me callé. Quería conseguir mi chocolatina.

—No todo es arte —siguió Andrea—. Hay cosas que son basura. Puede que la señorita Riqui se hiciese profesora de plástica porque es incapaz

de tirar nada. Puede que sea una mujer enferma que necesita ayuda.

—Nunca lo había visto así —dijo Ryan.

—¡Tenemos que ayudarla! —exclamó Emily.

—Pero ¿qué podemos hacer? —preguntó Michael.

—¡Tengo una idea! —dijo Emily—. ¿Por qué no entramos en la clase de plástica a la hora del recreo y hacemos una buena limpieza? Cuando la señorita Riqui vea lo limpio y organizado que ha quedado todo, se dará cuenta de que tiene un problema.

—¡Buena idea! —sonrió Andrea.

A mí no me lo parecía tanto. Eso de limpiar y ordenar no es nada divertido. Si ya me da pereza ordenar mi cuarto, ni os cuento la que me daba

ordenar la clase de plástica. Pero tampoco quería discutir con Andrea. Si nos peleábamos, no conseguiríamos las chocolatinas.

Cuando acabamos de comer, Emily, Ryan, Andrea, Michael y yo nos colamos en la clase de plástica.

Andrea tenía razón. Aquello estaba hecho un desastre.

Entonces se me ocurrió la idea más genial de toda mi vida:

—¿Sabéis qué podemos hacer? En vez de ordenar todo esto, ¡podríamos desordenarlo todavía más!

—Y eso, ¿para qué, A.J.? —preguntó Emily.

—Si la señorita Riqui ve la clase hecha un asco de verdad, se dará cuenta de que tiene un problema de verdad.

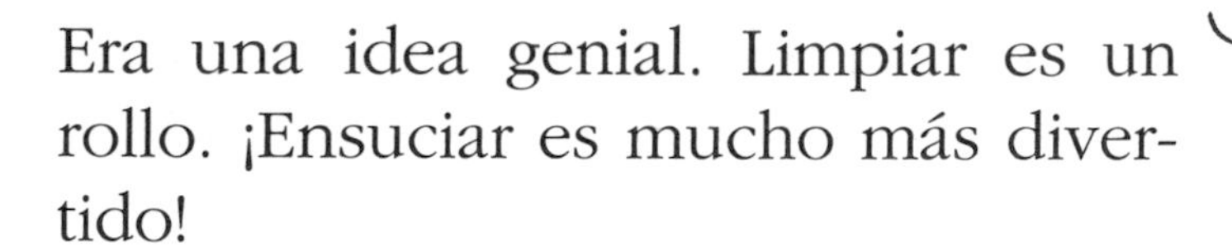

Era una idea genial. Limpiar es un rollo. ¡Ensuciar es mucho más divertido!

—No estoy tan segura de que sea una buena idea, A.J. —dijo Andrea.

—Pues claro que lo es —repliqué yo, convencido.

—De verdad te lo digo, A.J.: No es una buena idea.

Andrea se cree que lo sabe todo. Pero no. No lo sabe todo.

—Yo no pienso limpiar esta clase —dije—. Para eso me vuelvo al recreo.

—Prometiste que nos ayudarías —protestó Andrea.

—No lo prometí.

—¡Sí que lo prometiste! —insistió Andrea, enfadadísima.

Y entonces fue cuando hizo la tontería más grande del mundo: Me empujó.

Si llego a saber lo que iba a hacer, me habría preparado. Pero ¿cómo me iba a imaginar que Andrea iba a hacer algo tan bobo como empujarme?

Me resbalé, me caí de espaldas... y aterricé justo encima de la pelota de periódicos de la señorita Riqui.

La pelota empezó a rodar, y yo con ella.

—¡Cuidado! —gritó Emily.

Sin querer, le di con el pie al móvil de mariposas de Andrea, que colgaba del techo.

El móvil aterrizó en mi cabeza.

Justo detrás de la pelota, en el suelo, había unos cuantos botes de pintura.

Intenté apartarme de ellos, pero no pude, y los tiré también.

—¡Eres un idiota! —me gritó Andrea—. ¡Has chafado mis mariposas!

—¡Tú me has empujado!

—¡Mentira! ¡Te has caído aposta!

Me levanté del suelo. Había restos de pintura y de mariposas por todos lados. Rojo. Amarillo. Azul. Verde. ¡Molaba!

—¡Eh, mirad! —exclamé—. El arte está en todas partes.

Ryan y Michael se echaron a reír.

—¿Cómo puedes bromear en un momento así? —me gritó Andrea—. ¡Me has destrozado el móvil! ¡Ahora no podré ganar el concurso!

—Estás metido en un buen lío, A.J. —dijo Emily.

—¡Alguien viene! —nos avisó Ryan—. ¡Callad!

Entonces se abrió la puerta y entraron la señorita Riqui y el director.

Yo estaba allí en medio, lleno de pintura y con las mariposistas de las narices pegadas por todo el cuerpo.

—¿Qué significa esto? —preguntó el director.

Yo no sabía qué hacer. No sabía qué decir. Pero tenía que pensar algo. Y rápido.

—Es… arte en vivo —contesté.

Todos se me quedaron mirando durante un millón de horas, como poco.

—Sí —dijo por fin Andrea—. Es arte amigo en vivo. Lo hemos hecho juntos A.J. y yo.

La señorita Riqui dio una vuelta a mi alrededor y se me quedó mirando.

Una de las mariposas que tenía en la cabeza me resbaló hasta la punta de la nariz.

—¡Es fabuloso! —exclamó la profe—. ¡Qué creatividad! ¡Me parece que A.J. y Andrea van a ser los ganadores del concurso de arte!

Todo el mundo se puso a aplaudir y a gritar.

El director sacó un par de chocolatinas de un bolsillo.

—Estoy tan contento de ver que os lleváis bien… —nos dijo a Andrea y a mí—. Os prometí que os daría un premio si conseguíais estar un día entero sin discutir, y aquí lo tenéis. ¡Enhorabuena!

La chocolatina estaba buenísima.

A lo mejor resulta que eso del arte no es una tontería.

Pero yo seguía sin aguantar a Andrea. Y Andrea seguía sin aguantarme a mí. Y la señorita Riqui seguía teniendo un problema con eso de acumular basura.

Así que yo prometí que intentaría ser más amable con Andrea.

Y ella prometió que intentaría ser más amable conmigo.

Y los dos prometimos intentar ayudar a la señorita Riqui con su problema.

Aunque no va a ser fácil.